JN183940

句集

まつり

齋藤夜空

文學の森

序

さる地方出身の女性が、夜空さんのことを「東京の山の手の方で、地方では決して見かけることのできない粋な方」と称した。東麻布で生まれ、幼児期を東京八重洲、小学校高学年から西麻布、そして現在は白金台といった暮しぶり。学校も小中高短大まで一貫して東洋英和、仕事の場も六本木、銀座だった。なにも経歴がそうだからということではなく、くだんの女性の言をまつまでもなく、身についた雰囲気が粋なのである。女性の眼からみてそうなのだから、男の私が言うのも愚の骨頂、野暮というものだろう。

花道という美しい言葉がある。歌舞伎の舞台に向かう左寄りにある客席を縦に貫いて造られた細長い道のことで、ここを役者が登場したり退出したりする。観客の目が集中する華やかな道である。『まつり』を読み進みながら、どの句も夜空さんの人生の花道を歩いている一句一句のような気がした。粋な晴れ姿である。

単帯くるりと巻けばかさのなき
新涼や柾目桐下駄軽き音
初蛍三尺帯の腰高し

旅好きなので当然ながら旅の秀句が多い。国内に限らず外国にも足を延ばしている。女性同士の気楽な愉しそうな旅で句にもそれがよく出ている。

民宿の簾で分ける女部屋
春浅きサマルカンドの硬き土
北陸へ二号車AB風ひかる
ゼラニウム伊太利女の腕まくり

旅の句でもっとも美しい稔りをみせているのが祭の句である。句集名『まつり』はそんなところから付けられている。

日本人の伝統的な生活意識を考えてみると、時間は循環するものであって流れ去るものではない。春夏秋冬と規則正しく運行する。生活も自然の流れに従い、年中行事も繰り返されていく。その行事の濃厚なものが祭儀ということになる。旅も年中行事への接近ということになる。

宵山の雑踏に居る安堵かな
銀漢の縁よりこぼれ立ねぷた
松明の大きく爆ぜて火の祭
むらさきの闇に和布刈の神事かな
端棒の肩に食ひこむ三社かな

祭は古代宗教色が強かったが、現代では文化的に一般化され、祝賀的な行事を称する言葉となっている。日本は祭の多い国である。毎日のように日本のどこかで祭が見られる。夜空さんの作品は、そんな祭にシテのように登場しているといっていいだろう。粋な女の旅姿なのである。
旅好きは、人好きな人に多い。夜空さんもその例にもれず人好きである。

うれしいときは子供のように歓びをあらわし、悲しい時は涙ぐむ。純な粋佳人だ。それらは次の、かわいい子供、赤児、団らん、円空仏などを詠んだ句にもあらわれている。

若草やファーストシューズ祝福す
声たてて笑ふ赤児や春の雲
表札に溢れる家族西日さす
山笑ふ円空仏の隠れ里

夜空さんは二十代で母を、三十代で父と弟を、五十代で次兄を亡くすなど、多くの別れをしてきた。毛皮業の仕事は銀座、六本木で従事し、六本木店では店長として活躍したが、毛皮をとりまく環境の変化をまともに受けて店をたたむなど、順調なだけではなかった。しかし夜空さんは、そんな逆境にめげていない。器の形に従って、水が器を満たすように、自然にそんな逆境を難なく受け入れている。前向きで、生き上手な方なのである。淋しさは淋しさとして、わが来し方は来し方として俳句にしている。この逆境以降の時期が俳句との出会いになっている。粋な山の手の女人による俳句は次のように結晶する。そしてイギリスのロマン派詩人シェリーの「冬来たりなば春遠からじ」の詩の一片のように、悲しみを越えていく。

弟の倍も生きたり狐花

木守柿独りの卓は広すぎる

春寒や空白なりし家族欄

手毬唄不運続きのをかしけれ

四十代以降、夜空さんを大きく支えているのは、小唄、小鼓の世界だ。現在は千紫派の小唄師範となり指導にあたっている。粋が所を得て羽ばたいている。芸を極めるという試練にも耐えていくだけの決意と才能のしからしめるところであろう。

八十八夜朱筆だらけの稽古本

大鼓の甲の一打や春惜しむ

かき鳴らす太棹の撥冬怒濤
春近し鼓打つ指ほてるまま

夜空さんの俳句への向き方は真摯の一語といえる。句会も楽しんでいる様子がよくわかり、私もうれしくなる。夜空俳句の優れている特徴として、確かな目、豊かな感受性をあげたい。次のような句に如実にあらわれている。このような資質は、つぎつぎ心を打つような俳句に結実していくにちがいない。句集を読んでいただけた方は、すでに秀句に満ち溢れていることを知っていただけたものとおもう。これからももっともっと秀句を生み出していかれることだろう。そんな上達ぶりである。

深秋やイギリスパンの山三つ
ポインセチア回転ドアは眠らない
鈴蘭の鈴こぼれをり籠の中
夜間飛行ふりて柩を蓋ひけり
眼鏡てふ額縁外し四方の春

テニスやスキーなどを愛する御嬢さんだったこと、華やかな人間関係など書き漏らしたことが多い。これらについては、次の句集刊行まで取って置こうかとおもう。夜空という俳号は私が考えたものである。星がきらきら輝く、汚れというものを全く含まない美しい満天の夜空は、齋藤榮子という私の心に映った面影であり、心だからだ。今回の上梓はわがことのようにうれしい。おめでとう。

最後に今回の句集のお祝いに一句を寄せて筆を擱くことにしようとおもう。

謡 ひ に も 侘 そ ふ 齢 花 桔 梗　　静魚

平成二十八年八月

河内静魚

句集　まつり／目次

装丁　鈴木桃兎

句集　まつり

吊し雛抄

陽春や伸びする猫は腹をすり

ふんふんと聞き流しをり春炬燵

音立てて蛇の目開けり春時雨

乾鮭の半身吊らるる二月尽

皮薄きいちご大福春きざす

出土する陶片の夢草萌ゆる

ウズベキスタン　二句

春浅きサマルカンドの硬き土

羊頭の肉を吊り下げ春の村

北窓を開けメレンゲの角たてる

包み紙鶯餅と知られけり

春寒や空白なりし家族欄

幼子の摘みし菫や母の膝

シクラメン十年日誌も三日おき

花鋏何処に忘れ春の闇

手捻りの雛にそれぞれ笑ひあり

古りし雛侍らせ酒を酌みにけり

申と酉二つ足したり吊し雛

立子忌や孫の紙雛捨てられず

ぶらんこや漕いでふつきる今日のこと

春の鴨ゆるりと今を楽しめり

丹田に力をこめし利休の忌

風車風の吹くとき賑やかに

聞こえても聞こえぬふりの日永人

声たてて笑ふ赤児や春の雲

春灯二上がり新内仄聞けり

糸桜置屋の上へしなだるる

路地奥に高き下駄音花の雨

小町忌の飾り釦の光かな

花冷や街は甲冑つけしまま

囀りや次のバスまで一時間

陽炎やキャッチボールの球緩し

山笑ふ円空仏の隠れ里

城跡の輪郭なぞる春の闇

朝寝せり湯煙上がる火の国に

朧夜の新内高く又低く

スイートピー未だ根強きサユリスト

囀りや悲恋似合はぬをんな達

ゾウガメの瞼とろける日永かな

うららかや土偶の腰は丸く張り
ネモフィラや空の蒼さに迷ひこみ

北陸へ二号車AB風ひかる

若草やファーストシューズ祝福す

若い娘の皆同じ顔サイネリア

春眠やあの世と此の世曖昧に

ひとり居に慣るるはいつや蜆汁

長閑けしや魚眼レンズに映る街

をだまきやセピアの色の山岳誌

をだまきやマンション暮らし好まざる

倒木のうろをねぐらに二輪草

蒼天の色ふりこぼし藍微塵

囀りや指にいつまでハーブの香

ポンペイに遊郭遺跡荷風の忌

八十八夜朱筆だらけの稽古本

大鼓の甲の一打や春惜しむ

宵山抄

はつ夏のドアを小さく開けしまま

初夏の風に吹かれて遠回り

葉桜や碁を打つ人と囲む人

薫風にパンの匂ひのころがれり

五月鯉稜線に伍し泳ぎけり

老鶯や手慣れし所作のつつがなき

若葉風サブリナシューズ駆けぬけり

鈴蘭の鈴こぼれをり籠の中

母の日の胸がチクリと痛みけり

藁灰の焔は高し初鰹

マリンバの連打で終はる夏夕べ

端棒の肩に食ひこむ三社かな

余花白し木曾の平沢漆器祭

五月雨や開く蛇の目のかがり糸

チリカラと鼓大小さみだるる

山車ひくや揺れる牡丹の祭り笠

ネクタイのほど良きゆるみ業平忌

蛍の生るる処と大看板

初蛍三尺帯の腰高し

紫陽花の花びら一つ明月院

定まらぬ心うつして梅雨の月

茄子漬やボヤキもグチも糠に入れ

ソーダ水タンクトップの緩き紐
幸せの未来図に咲くペチュニアは

サルビアへ正午を指せり花時計

水音を背負ひて帰る滝見客

山荘の歪み硝子や青葉木菟

山百合の万の香りを登り行く

蟻地獄観察日記五重丸

ガーベラや茎長くして誰を待つ

天道虫点の数ほど前世あり

名調子簾内より洩れきたり

民宿の簾で分ける女部屋

龍神の流れは速し鮎の宿

奥嵯峨の小き幟や鮎の宿

ゼラニウム伊太利女の腕まくり

もやひ舟浅沙の花を揺らしたり

のど奥で笑ふひとあり京うちは

水団扇描かれし魚の揺らぎけり

スタジアム熱気はらみし団扇かな

藻の花や歩幅小さくなつてをり

夜間飛行ふりて柩を蓋ひけり

夏柳四国宇和島木屋旅館

海の日の盆地の底の草むしり

床の間に飾ることなし韮の花

秘仏観て蟬の鳴く世に戻りけり

手花火のぽとりと落つる深き闇

日覆や帆船のごと張り出して

涼しさや指ほつそりと思惟像

簪の金魚が揺るる舞妓かな

峡中に小き祭や朴葉寿司

赤子さへ日焼けしてをり浜の家

水くぐる越後縮の肌なじみ

琉金の尾の鰭夢をこぼしけり

避暑の宿卵の黄身の盛りあがる

吾妻橋女五人のどぜう鍋

祭體二つ返事の弾む声

注縄解かれ山鉾ぐらり滑りだし

宵山の雑踏に居る安堵かな

曲り家の根太の太きや矢車草

山の宿身を乗り出せば星涼し

シャーベットつつがなく宴果てにけり

単帯くるりと巻けばかさのなき

鍛冶町に涼風留まる鷗外居

久女の碑触るると暑き小倉の地

夏の夢積丹ブルーに漂へり

箱階段きしみこぼるる夜の秋

花札の鹿ふりむけり夜の秋

押し花の色良くあがる晩夏かな

表札に溢れる家族西日さす

羅の手触りよろし谷崎忌

熱帯魚誰も来ぬ夜のつづきをり

立ち話長くなりさう凌霄花

スカートをつまんでくるり秋はそこ

火祭抄

秋たつや仕事モードの顔が好き

初秋や仕立て下ろしの糸を抜く

声かけは先づ朝顔に始まれり

大過なく夏やり過ごし白木槿

触るるにはあやふき桃の世界かな

新涼や柾目桐下駄軽き音

銀漢の縁よりこぼれ立ねぷた

盆踊一拍遅れも又楽し

送り火や煙の先に声かけて

西馬音内（にしもない）亡者踊りの指しなる

秋蟬やとぎれとぎれの白昼夢

きちきちと沈む夕日を追ひかけし

株分けの土の汚れをはらふ秋

村人の音無き暮らし蕎麦の花

コスモスの濃淡揺れし鯖街道

アンパンのちよつとしよつぱき秋の浜

星月夜今なら言へるかもしれず

さはやかに見様見真似の太極拳

秋山家固きチーズを削りをり

吉田火祭

松明の大きく爆ぜて火の祭

二百十日荒川土手下放水路

天高しからくり人形くるりんぱ

朽舟に投げ入れてある蛍草

ひとむらの露草残る門跡寺

弟の倍も生きたり狐花

大房を揺らす太鼓や伊予の秋

秋扇や腰の位置決め男帯

寂しさの隣は気楽小鳥来る

すすきの穂ゆれて神輿の渡りけり

満月は恋しき人の溢れをり

満月や一歯かけたるお六櫛

留袖を衣桁にかける良夜かな

いつからか鳩出ぬ時計木の実降る

秋澄むや川底の石喋りだす

菊人形等身大のおそろしき

屏風絵の抱一と飲む菊の酒

名人の芸を惜しんで菊膾

とろろ汁帰ると云ふをひきとめし

風化する記憶はあまたとろろ汁

霧降りて乙女峠はミルク壺

色鳥や村に一軒珈琲屋

古書売りし五百円玉鰯雲

渡り鳥送る万治の石仏

足湯まで紅葉の光届きけり

秋暁や名水汲みに下御霊

草の実をつけて戻りぬ小き旅

幼子の聞き分けのよし十三夜

川霧の木橋渡りて信濃路へ

眼福も口福もとり秋の旅

秋深し倫敦土産の缶開ける

紅葉忌熱海芸者はよく笑ひ

木守柿独りの卓は広すぎる

深秋やイギリスパンの山三つ

残菊やたつきささふる指太し

新米を担いで来たり若き嫁

舞茸の両手に余る素揚げかな

白足袋のこはぜきつめに冬隣

白障子抄

暖房のいらぬ日のあり肩車

帰り花一筋道をたがへけり

冬日中ウバユリの実は風を待つ

小春日やつむりて母の声たぐる

鱈ちりの湯気にゆがみしガラス窓

病歴はナシと勤労感謝の日

六角堂座れば寒さ這ひ上がり

ざつくりとセーターかぶり陽の匂ひ

木枯らしがブリキのバケツ持ち去りし

鰭酒や上がりかまちの馴染み席

しぐるるや店に入れば京言葉

吉田屋の手締め三代酉の市

福熊手行き交ふ人の肩の波

つい軽きコートばかりに袖通し

外風呂へいざなふ石蕗の花明り

語り部の声をつつめる白障子

やはらかき明り障子に起きがたし

冬木立明るき方へ歩き出す

カーテンのタッセルかるし冬構

ご利益の列をはみだす大根焚き

餅破裂短気な父の声がする

もつてけと二本ひき抜く土大根

顔見世や花見小路を割り科白

玄関にどすんと届く千枚漬

ここいらはなんもなくてと根深汁

飫肥平野一杯に干す大根かな

半身の凍れる滝は牙むかず

雪催馬次郎てふ梨を剝く

キャンドルの蠟涙しきり十二月

嫁きし子の窓辺にクリスマスローズ

ポインセチア回転ドアは眠らない

モンキーのシンバル止まぬ歳の市

歳末の空にのつたり飛行船

荒星をザクザク君に送ります

高階の夜景の海やセロリ噛む

極月の病む人の声透きとほる

かき鳴らす太棹の撥冬怒濤

煮凝りや我が家の事件他愛なし

埋み火やすぐ燃え尽きしものも有り

シャンパンの気泡楽しみ年越ゆる

水仙の香る座敷に通されし

おびんづる撫で回さるる寒の入

寒晴れやつるりと光る撫仏

信念は曲げられません水仙花

葉牡丹や芯の強きは君のやう

ぐつぐつと煮ゆるおでんの協和音

地球儀の見知らぬ国よ冬籠

寒林や失ふものの何も無く

混沌の渋谷の街に風花す

むらさきの闇に和布刈の神事かな

春近し鼓打つ指ほてるまま

相棒は書き慣れしペン冬籠

雪山を滑り納めてピンヒール

福は内ひとりつぶやく鬼の夜

植込みに鬼を泣かせし豆ひとつ

初鏡抄

初鏡お一人様の旅支度

建前の顔をしてゐる初鏡

古希過ぎて白寿に貰ふお年玉

念入りに化粧拭き取る去年今年

奇跡待ち魔法を待ちて去年今年

緋袴の巫女走り出す二日かな

手毬唄不運続きのをかしけれ

雑煮椀京人参の花のなり

屠蘇の酔ひ借りてメールのラブマーク

従順にして寛容な松七日

嫁の名のまぶしかりけり祝ひ箸

初句会見慣れし顔もあらたまり

五歳てふ書き初めの文字はみ出せり

骨箱に又触れてをり小正月

眼鏡てふ額縁外し四方の春

句集　まつり　畢

あとがき

この度、初句集『まつり』に際し「毬」主宰河内静魚先生より素晴らしい「序文」を頂戴した。自分自身のこととなるとやたら気恥ずかしいが、振り返れば我が家は実に賑やかな家だった。子煩悩な両親の下に慶應の剣道部の長兄、同じく水上スキー部の次兄、近くの青山学院に通う末弟。常に誰かしら居た居候。人と動物の声が溢れ、食卓には大皿料理が並んだ（私の早食いの悪癖はその頃の名残?:）。微妙な乙女心は汗臭い輩に顔をしかめながらも毎日のお祭り騒ぎを楽しんだ。

そんな記憶もいつしか埋もれ、昨年末、共に暮らした家族を喪い、とうとう独りになった時、何から手をつけてよいやらお先真っ暗でさすがの私も落ち込んでしまった。

そうした折、今回の句集の話があり私の胸の奥で小さな花火が開いた。まるで指針のような温かい手花火の輝きは、久しぶりの楽しいお祭りの予感！戸惑いながらも、いつの間にか俳句が身の一部になっている事を再確認した時、止まっていた時間が又動き始めたような気がした。この十年の折々の思いが句集という形になるのは考えてもいなかっただけに、思いがけないご褒美を貰ったようで実に感慨深いものがある。

カバーには、昨年鬼籍に入られた小唄千紫派千紫章恵師の自筆の稽古本から数行をいただいた。少しは最後の弟子らしきことができただろうか。

人生の終章に入り、これまでの様々なご縁をつくづく有難く思うと同時に、この機会を与えて下さった静魚先生、お世話になった「文學の森」の青木美佐子女史に感謝申し上げ、また齋藤榮子・千紫章佐そして夜空として私を支えて下さった皆様に、この場を借りて心より御礼申し上げます。

平成二十八年九月

齋藤夜空

著者略歴

齋藤夜空（さいとう・よぞら）本名　榮子

昭和18年11月　東京港区生まれ
　　　　　　　東洋英和女学院卒業
昭和41年　実家の「(株) オーエス毛皮」入社
　　　　　銀座店に配属
昭和50年　飯倉店「(株) OS　FUR　FIFTY」の代表となる
　　　　　小唄を千紫章恵、小鼓を藤舎呂秀に師事
平成12年　本社廃業後、フリーのファーアドバイザーとして独立
平成19年　KIMA句会入会。「毬」同人となる
現　　在　千紫流小唄師範「千紫章佐」として
　　　　　舞台・稽古の指導にあたる

現住所　〒108-0071　東京都港区白金台3-13-2-104

句集　まつり

発　行　平成二十八年十一月二十三日
著　者　齋藤夜空
発行者　大山基利
発行所　株式会社　文學の森
〒一六九-〇〇七五
東京都新宿区高田馬場二-一-二　田島ビル八階
tel 03-5292-9188　fax 03-5292-9199
e-mail mori@bungak.com
ホームページ　http://www.bungak.com
印刷・製本　モリモト印刷株式会社
©Yozora Saito 2016, Printed in Japan
ISBN978-4-86438-584-8　C0092
落丁・乱丁本はお取替えいたします。